NOUVELLES

NOUVELLES.

PRIX, 30 CENTIMES.

PARIS,

Chez CORRÉARD, libraire, Palais-Royal, galerie de bois.

6 juin 1820.

NOUVELLES

NOUVELLES.

Journée du 3 juin.

Les sinistres pressentimens des hommes sages commencent à se réaliser. La journée de samedi, si elle n'a pas rempli les espérances des ultrà, si au contraire elle a fourni l'occasion à une foule immense de manifester son vœu pour la conservation de la charte, n'en est pas moins affligeante par les suites qu'elle fait prévoir.

Je crois devoir donner à mes lecteurs tous les détails qui sont parvenus à ma connaissance ; mais je ne puis mieux le faire qu'en transcrivant les propres paroles d'un témoin oculaire de cette scène funeste. Mon récit aura l'avantage de conserver toute la vérité des situations.

D'après les événemens de la veille, dit le jeune narrateur, tout faisait présumer que la journée ne se passerait pas sans quelques mouvemens autour de la chambre des députés. Effectivement, une foule immense assiégeait les avenues du palais Bourbon, et couvrait le quai et le pont Louis XVI. Mais cette foule, composée presqu'en totalité de jeunes gens, était paisible , et conservait l'ordre le plus parfait. Elle n'était attirée en ce lieu, que par le désir de connaître la décision de la chambre des députés. La chambre, en effet, devait voter sur le premier article, et ce vote devait être d'une influence décisive sur le sort de toute la loi. Çà et là seulement, on apercevait quelques figures sinistres parmi lesquelles des personnes ont cru reconnaître les effroyables acteurs des scènes sanglantes de Nîmes, d'Avignon , de Marseilles et de Toulouse. Cependant l'autorité avait pris des mesures pour assurer la tranquillité publique : on va voir quelle a été l'utilité de ces mesures.

Des piquets de gendarmerie étaient placés sur les quais et sur le pont, les postes de la garde nationale étaient doublés ou même triplés au palais de la chambre.

Désirant connaître moi-même les résultats de la discussion de nos mandataires, je m'acheminai seul par le quai Voltaire. Je commençai à rencontrer une foule assez considérable qui couvrait les trottoirs depuis le Pont-Neuf. Bientôt je passai l'hôtel des gardes-du-corps ; tout y était paisible. Mais à peine avais-je fait une centaine de pas que des cris redoublés m'annoncèrent que la chambre venait de lever la séance ; il était cinq heures et demie. Je distinguai facilement les cris de *vive la charte* répétés sur toute la place du palais Bourbon, le pont Louis XVI et la place de la Concorde. Ils étaient indistinctement mélés aux cris de *vive le roi et la charte* ; et à d'inégaux intervalles des voix méridionales faisaient retentir celui de *vive le roi tout seul !...*

Je continuai ma marche ; tout à coup je me vis environné d'un groupe de quarante à cinquante hommes, la canne à la main, faisant retentir l'air de ce dernier cri. Je me contentai de hausser les épaules et de sourire de pitié, quand le spectacle le plus affreux vint frapper ma vue ; quelques jeunes gens avaient répondu aux cris de *vive le roi tout seul*, par celui de *vive le roi et la charte*, et ils tombèrent sous les coups de ces cinquante forcenés. Je ne pus retenir mon indignation, et m'adressant aux gendarmes témoins impassibles de cette scène d'horreur : « Gendarmes, leur dis-je vivement, vous souffrirez qu'on frappe des citoyens qui crient vive la charte ! Faites votre devoir ! » Ces paroles attirèrent l'attention de ces furieux qui s'élancèrent sur moi, pour me frapper de leurs cannes ; je pénétrai au milieu des chevaux de la gendarmerie, et là je répétai le cri de *vive la charte* en m'écriant qu'aucune puissance ne m'empêcherait de le proférer, tant que nous serions sous l'empire de la charte. Ils allaient pénétrer jusqu'à moi, lorsque trois officiers de paix me prirent sous leur protection et m'arrachèrent à ce théâtre funeste. Honneur à ces magistrats citoyens ! L'un des bâtonneurs leur recommandait de me conduire en prison ! Quel est son crime ? — il ose crier *vive la charte !* — J'en ferais autant...... telle fut leur réponse.

Cependant, une minorité factieuse essayait toujours d'interdire le cri constitutionnel, ses vaines clameurs étaient couvertes par la voix libre des citoyens. Voyant son impuissance, la faction recourut aux voies de fait. Déjà plusieurs rixes s'engageaient sur le pont Louis XVI, j'y accourus. Les gendarmes faisaient de vains efforts pour apaiser les esprits . . . . Les constitutionnels violemment provoqués opposaient enfin la force à la force ; et déjà repoussaient leurs imprudens adversaires, lorsque m'avançant parmi les combattans ! « Qu'est-ce que tout cela ! « m'écriai-je.... Ne voyez vous pas que ce sont nos

« ennemis communs, qui excitent nos discordes ! que
« veut dire cette différence enrte deux cris également
« français : Qui dit *vive la charte*, dit , *vive le roi* ; qui dit,
« *vive le roi*, dit, *vive la charte* ; ces cris sont synonymes.
« Donnons-nous donc la main , et crions tous ensemble :
« *vive la charte et le roi* . . . . Ils sont inséparables dans
« le cœur des bons citoyens ». Cette courte exhortation
produisit tout l'effet que j'en attendais , un colonel de
gendarmerie, qui m'entendit , répéta le cri que je venais
de proférer ; chacun en fit autant. Les gendarmes remirent
leur sabre dans le fourreau, et à ce signe de pacification,
des applaudissemens réitérés éclatèrent de toutes parts ,
et se prolongèrent jusqu'à l'extrémité du pont. Pendant
cette scène touchante , des scènes d'un autre genre se ma-
nifestaient dans la partie du pont qui avoisine le corps
législatif. Des cris de *vive le roi tout seul* , accompagnés de
gestes un peu trop significatifs , provoquaient une vigou-
reuse résistance de la part des constitutionnels. C'est
dans ce moment , que plusieurs meurtres peut-être
eurent lieu de la part des ultrà, au moyen de cannes à
épée. Un jeune homme dont l'ami venait d'être griè-
vement blessé par l'un de ces perfides instrumens , et qui
avait été repoussé par les gendarmes sans pouvoir
s'assurer du meurtrier , vint tout-à-coup se jeter dans
mes bras , en versant un torrent de larmes , et en
me criant d'une voix qui me fit tressaillir : « Monsieur ,
« monsieur, venez m'aider à venger mon malheureux ami,
« qui vient de tomber baigné dans son sang ; les scélérats
« viennent de l'assassiner». Je lui donnai mon bras et me
contentai de le presser sur mon cœur. L'infortuné s'en
prenait de sa douleur à tout ce qui s'offrait à lui : et sans
les efforts que je fis pour le retenir, il allait attaquer à lui
seul une brigade de gendarmerie.

Cependant, les gendarmes avaient réussi à séparer les combattans, et ayant les ultra derrière la croupe de leurs chevaux, repoussaient, le sabre à la main, les constitutionnels qu'ils forçaient d'évacuer le pont et de se précipiter dans la place de la Concorde. C'est là que j'eus le bonheur de sauver quelques ultra qui, en poussant leur cri funeste, s'étaient imprudemment engagés dans la foule des constitutionnels. Je n'avais qu'à faire entendre à cette jeunesse patriote les mots de *charte* et de *modération*, pour qu'à l'instant elle laissât libres les fougueux adversaires qui ne se servaient de leur liberté que pour frapper, à l'abri du sabre des gendarmes, quelques traînards égarés. Aucune idée de résistance aux autorités ne se manifestait parmi la colonne constitutionnelle qui se retirait lentement par la rue de Rivoli, en faisant retentir les airs du cri de *vive la charte !* auquel répondaient par ses acclamations l'immense foule renfermée dans le jardin des Tuileries. Car on avait fait fermer toutes les grilles.

Plus de dix mille chapeaux étaient agités en l'air. Cette marche paisible et triomphale que ne troublaient plus les cris de la faction se continua jusqu'au passage Delorme, et c'est là que les acclamations redoublèrent de force pour porter aux oreilles de nos princes avec l'expression de notre amour, le vœu de la nation française pour le maintien de ses institutions ; car ici, le cri de *vive la charte* était toujours accompagné du cri de *vive le roi... !* Peu à peu la foule se dissipa et s'écoula paisiblement. Les cris cessèrent de retentir, et le plus profond silence commença à régner. Seulement quelques groupes peu nombreux restaient encore, et c'est alors qu'un coup de fusil parti, on ne sait d'où, vint atteindre un jeune homme qui tomba à nos pieds. Nous le remîmes baigné dans son sang à ses camarades , et nous nous retirâmes chacun de son côté , en nous recommandant le plus grand calme.

Je me rendis avec l'un de mes amis au Palais royal, tout y était tranquille ; mais de sinistres pressentimens me di-saient que les ultrà, forts de l'absence des constitutionnels, chercheraient bientôt à y exercer du désordre, je ne me trompai pas. Nous sortions paisiblement du Palais ; nous nous acheminions vers nos logemens. Nous avions dépassé l'escalier du duc d'Orléans ; nous étions arrivés à la cour extérieure lorsque des cris de *vive le Roi tout seul* frappè-rent notre oreille. Je levai les yeux et vis une troupe d'en-viron 6o hommes tous armés de fortes cannes. Je les re-connus pour les mêmes au milieu desquels j'avais été exposé à un si grand danger entre l'hôtel des gardes du corps et le corps législatif.

Je prévis à l'instant l'issue de cette funeste rencontre et repoussant mon ami loin de moi, je lui criai de veiller à sa sûreté. Pour moi je fus bientôt joint par toute la troupe. *Le voilà ! c'est lui, nous le reconnaissons !* tels furent les cris qui s'élevèrent confusément autour de moi..... Je dois dire, parce que cela est de la plus exacte vérité, que le poste de garde nationale du Palais-Royal sous les yeux duquel nous étions, ne fit rien pour me protéger. Ce-pendant un des plus apparens et des plus furieux de la troupe, celui qui avait tout l'air d'être le chef de cette bande de forcenés s'approche de moi , et me saisissant au collet : « Crie vive le roi, me dit-il d'un ton de voix qu'al-térait la fureur ! — J'ai été volontaire royal , lui dis-je tranquillement !... J'ai défendu au 20 mars 1815 le roi et la charte ! ... Je n'aurai jamais d'autres cris que celui de *vive le roi et la charte ! Vive le roi tout seul !* ...» me cria le spadassin. Alors tous s'élancèrent sur moi la canne levée..... La rapidité de mon mouvement me dégagea heureusement des mains qui me retenaient. Je fis quelques pas en arrière, dépassai la porte du grand escalier du duc d'Orléans, où deux gardes nationaux étaient en faction. Puis revenant rapidement sur mes pas. « Vous souffrez « qu'on attaque un citoyen sous vos yeux, leur dis-je! » Les gardes nationaux restèrent impassibles. Alors plus de trente coups de cannes me furent portés. Heureusement tous furent adressés à la tête, et je dus la vie à mon chapeau qui les reçut, et tomba en lambeaux. Aussitôt je m'élançai vers la porte vitrée du gran descalier.... Le concierge me l'ouvrit lui-même, puis la referma, et moi, je restai dans l'intérieur du vestibule, considérant à travers les carreaux cette troupe de forcenés qui me menaçaient encore et qui faisaient retentir l'air des plus effroyables vociférations.

Je ne sais comment cette scène terrible se serait terminée, pour moi, si un autre objet n'eût dans ce moment détourné l'attention de ces spadassins qui abandonnèrent leur proie pour courir à une autre, emportant en triomphe le reste de mon chapeau libérateur. Quelques-uns seulement restèrent postés à la porte pour guetter ma sortie. Mais l'honnête concierge à qui j'ai les plus grandes obligations, m'indiqua une porte secrète, par laquelle je m'évadai et me sauvai dans une maison voisine.

Tel est le recit véridique que nous a fait ce jeune homme. Nous avons tout lieu de croire qu'il n'est pas le seul qui se soit vu exposé à la fureur de ces furieux, timides quand ils voyaient les constitutionnels en force, mais en revanche très-intrépides lorsqu'ils les voyaient isolés et dénués de tout secours.

Nous le demandons, à tout homme sensé, quelle que soit son opinion, les ministres ont-ils pris toutes les mesures propres à prévenir ces coupables excès ? La responsabilité n'en doit elle pas retomber toute entière sur eux ? ne peut-on pas en accuser leur imprévoyance ? les funestes encouragemens qu'ils donnent à une faction liberticide , ce cri *de vive le roi tout seul* ne dénote-t-il pas suffisamment les desseins de cette faction ? ne déclarent-ils pas formellement, qu'elle ne veut plus de la monarchie constitutionnelle ; que c'est le retour au pouvoir absolu , au régne *du roi tout seul*, comme dans le bon tems si regretté par eux , que c'est l'objet de tous leurs vœux , le but de toutes leurs pensées ! Pourquoi les ministres ne sévissent-ils point contre un cri pareil..... un cri aussi inconstitutionnel ! Ils n'étaient pas si embarrassés, ils ne marchandaient pas tant la justice lorsqu'il s'agissait en 1815 , 1816, de servir contre les cris séditieux de cette époque. Ils avaient alors à leur service une loi tout exprès sur les cris séditieux. Il est vrai que les ultra en étaient les auteurs...... cette circonstance peut expliquer bien des choses qui nous étonnent aujourd'hui.

ART. 2.

J'AI dans les mains un recueil imprimé , contenant des couplets semi-religieux , semi-profanes ; ce double caractère qui ne pouvait échapper à personne , est en outre annoncé par les ornemens de la couverture : d'un côté est l'*enseigne* du journal de M. Martinville , et de l'autre, une croix entourée d'une auréole.

Ces couplets ont été chantés la semaine dernière , sous le nom de *cantiques* , dans la chapelle du château de Vincennes , et avec tout l'appareil d'une cérémonie religieuse, à toute la garnison réunie *ad hoc*.

Les auteurs et les distributeurs de ces couplets ont eu éminemment pour objet d'inspirer à leurs lecteurs et auditeurs, l'amour de la religion et du roi. Sans ce double rapport leurs efforts sont louables sans doute ; je ne leur ferai pas le reproche de n'avoir présenté la religion que sóus une seule forme; car bien que nos loìs les reconnaissent toutes, et qu'elles aient considéré les idées religieuses, à quelque culte qu'elles se rattachent d'ailleurs, comme ayant un intérêt égal sous le rapport de la morale, je reconnais aussi qu'il est permis à chacun de chercher, par tous les moyens de conviction, à faire prévaloir sa croyance. Mais ce que je crois tiès-repréhensible dans tous les temps, comme dans tous les lieux, surtout dans un pays où les lois promettent un égal appui à toutes les religions, c'est de prêcher l'intolérance, et d'appeler la force et la violence à son aide.

Les auteurs et les distributeurs des couplets dont je parle sont tombés dans ce tort; et je le prouve par la citation suivante :

> *Tremblez ennemis de la croix,*
> *C'est à vous de fuir ma présence ;*
> Mon front reprend du roi des rois
> Le noble signe d'alliance, etc.

Or, la charte ne dit pas : *Tremblez ennemis de la croix!* elle dit au contraire à ceux dont la croyance n'admet pas ce signe, dont la croyance même le repousse, comme elle dit à ceux qui l'adorent : « Livrez-vous avec sécurité aux patriques de vos cultes respectifs, je n'en préfère aucun, je leur accorde à tous une *égale protection.* » Ce n'est donc pas seulement se rendre coupable d'un outrage à la raison, que d'appeler la haine et la colère d'une secte sur les autres, c'est encore provoquer au mépris de la charte.

J'adresserai un autre reproche aux auteurs et distributeurs des couplets que j'examine.

Il est fort louable sans doute, comme je l'ai déjà dit, de travailler à inspirer aux soldats français, comme à tous les autres citoyens; l'amour de la religion et du roi : le premier de ces sentimens peut être fort utile à la morale, et le second peut ajouter beaucoup de force à l'une des plus précieuses de nos institutions; mais ceux qui, dans cette circonstance, se sont chargés de les faire naître, ou plutôt de les fortifier, auraient dû tracer tous leurs devoirs à ceux qu'ils se chargeaient d'instruire; ils auraient dû penser qu'en se bornant à prêcher l'amour de Dieu et du roi à des hommes assez peu avancés, pour que de semblables exhortations leur fussent nécessaires, ces hommes pouvaient croire qu'au-delà des pratiques religieuses et de l'attachement à la personne du roi, ils n'avaient plus de devoirs publics à remplir.

On pourra m'objecter, je le sais, que des prêtres, des missionnaires, (car enfin les couplets en question étaient apportés et chantés par des hommes revêtus de ce double caractère) on pourra m'objecter, dis-je, que des prêtres ne sont pas tenus de rappeler des devoirs étrangers à la religion : d'accord, et si les missionnaires de Vincennes se fussent bornés à des exhortations religieuses, je me garderais bien de leur reprocher d'avoir négligé les exhortations politiques; mais puisqu'ils ont cru pouvoir recommander l'attachement et le dévouement à la personne du roi, il me semble qu'ils pouvaient et qu'ils devaient recommander aussi l'attachement et le dévouement aux autres institutions nationales. Peut-être répondront-ils qu'ils ont entendu comprendre ces institutions sous le nom du roi; mais il me semble qu'ils devaient craindre d'avoir affaire à des hommes trop peu exercés pour confondre tant de choses en une seule, et qu'ils auraient agi sagement en en faisant la distinction.

Mais peut-être ai-je mal compris ces révérends pères. J'en appelle, au surplus, au public, qui pourra se procurer les poésies que je lui annonce, à la librairie ecclésiastique, rue de l'Abbaye Saint-Germain, n⁰ 3.

Art. 3.

Le Palais des Songes.

Les Songes sont fils de Jupiter, disaient les anciens, et, dans cette persuasion, ils recevaient, avec un respect religieux, ces légers enfans de l'imagination, les considérant comme des messagers célestes chargés d'influer sur leurs destinées. J'approuve les anciens. Et pourquoi les songes ne nous sembleraient-ils pas souvent des réalités, lorsque tant de fois les réalités nous paraissent des songes ? N'est-ce pas un songe que la session de 1819 comparée à celle de 1818 ? n'est-ce pas un songe, que cet entassement subit d'élémens de destruction qui encombrent aujourd'hui notre malheureuse France ? Depuis le jour où fut proclamée cette loi de la liberté de la presse qu'on vient de nous ravir dans sa portion la plus intéressante, quel immense intervalle nous avons franchi ! quels immenses progrès a faits l'arbitraire exploité par la main savante et expéri_mentée d'un ministre formé à l'école du despotisme.

Tout en faisant ces réflexions sur les songes, je m'endormis, et j'en fis un que l'on va lire. Je me crus transporté au dixième ciel dans le palais des Songes. Je vis un édifice de forme circulaire, soutenu par trois cent soixante-cinq colonnes, égalant le nombre de jours qui, apparaissant un moment pour disparaître bientôt sans retour, rem_plissent chacune des années de notre vie fugitive. Sur l'une de ces colonnes, je lus : *Blocus continental*, et au-dessous le millésime 1811 ; sur une autre : *Paix perpétuelle*, et plus bas ... *Abbé de Saint-Pierre.* Sur la troisième, je fus fort étonné de lire : *Projets ministériels, espérances des ultrà....* 1820. Ma curiosité étant vivement piquée, je passai successivement en revue les chimériques projets des conquérans, les desseins ambitieux des rois, les intrigues des ministres, les espérances et les illusions des amans, les rêves des philosophes, les *exegi monumentum* des poëtes, le système de Condillac et d'Helvétius, les tourbillons de Descartes, la paix de Tilsitt, etc. etc.....

Tandis que j'étais tout occupé de cette revue piquante et affligeante tout à la fois, un enfant aux ailes dorées, se présente à mes regards; sa démarche légère, son doux sourire, son regard malin et voluptueux, me firent aisément reconnaître l'Amour!--Quoi, l'amour ne serait qu'un songe, lui dis-je, saisi d'étonnement? L'amour, ce sentiment si pur et si noble tout ensemble, qui crée les héros, donne aux poëtes leur génie, à la beauté son irrésistible ascendant, l'amour ne serait qu'une illusion! « Il n'est que trop « vrai, me répondit l'Amour, je jouis.... je grandis.... je « vis par l'illusion : l'illusion cessant, je m'éteins avec elle, « pour faire place à l'amitié, ce sentiment généreux le « plus beau présent qu'ait fait aux hommes la bonté des « immortels ».

« Plus loin je vis le songe de la gloire! ... salut! gloire! « trois fois salut, lui dis-je, toi qui fis pendant un quart « de siècle, briller aux yeux des Français ton prisme aux « vives couleurs, qui guida leurs bataillons des colonnes « d'Hercule aux bords glacés de la Néva, salut! ... »

Soudain la scène la plus singulière et la plus curieuse s'offrit à ma vue.

Je vis à l'une des extrémités du palais, une assemblée dont tous les membres étaient vêtus uniformément. Ce qui m'étonna surtout, ce fut de voir que tous ceux qui sié-

geaient d'un côté de l'assemblée étaient des géans, tandis
que le reste n'était composé que de pygmées ; au milieu
s'élevait une tribune ; dans ce moment un orateur pygmée
y déployait tout l'artifice d'une éloquence ministérielle. Je
remarquai que tout l'auditoire dormait ou bâillait ; les
géans se contentaient de bâiller et de hausser les épaules ;
mais les pygmées ne faisaient aucune difficulté de ronfler,
ce qui m'étonna d'autant plus, que je crus m'apercevoir
que l'orateur s'adressait à eux avec complaisance, tandis
qu'il ne se tournait vers les géans que pour leur montrer
les poings, avec une fureur si comique, que ceux-ci ne
pouvaient s'empêcher de rire.

Au pygmée succéda un géant. La voix de l'orateur qui
l'avait précédé était si faible et si monotone, que je n'a-
vais pu saisir un mot de son discours ; la voix de celui-ci
était éclatante et sonore ; et les premiers mots retirèrent
de leur léthargie tous les pygmées qui, moitiés réveillés,
moitié endormis, se frottant machinalement les yeux,
se mirent à crier, par une vieille habitude : « Aux voix !
— l'ordre du jour ! — la question préalable ! — la
clôture !

Cependant le calme se rétablit, et j'entendis un discours plein d'une mâle éloquence !..... Je compris qu'il
s'agissait d'une loi sur les élections ..... La voix terrible
du géant frappait d'un même effroi toute l'assemblée atten-
tive, et moi-même, je ne pus me défendre d'une secrète
émotion, quand je l'entendis peindre l'état où allait se
trouver la patrie, par suite de la loi que l'on préparait.
Les peuples trahis par leurs représentans, refoulés sous
un sceptre d'airain, livrés pieds et poings liés aux courroux
de leurs maîtres insolens ; ceux-ci se partageant les dépouilles
du peuple, exploitant à l'envi la mine féconde du despotisme et s'endormant tranquillement sur leur proie, à

l'abri des formes légales qui les protègent. Ce discours parut faire une vive impression sur toute l'assemblée ; on alla aux voix , et ce furent les pygmées qui eurent l'avantage ; car c'était le nombre qui décidait, non la raison....

Je vis alors cinq ou six pygmées occupées à griffonner quelques caractères , parmi lesquels je distinguai : « *Loi* « *suspensive de la liberté individuelle. Loi suspensive de* « *la liberté de la presse ! Loi suspensive de la liberté des* « *élections* ». Toutes ces lois *suspensives* , après avoir été discutées pour la forme étaient affichées sur les colonnes du Palais, où personne ne daignait les lire ; mais les pygmées orateurs, n'en gesticulaient pas moins , les pygmées délibérans n'en votaient pas moins , et de nouvelles lois liberticides n'en étaient pas moins promulguées.

L'indignation et la douleur se peignaient dans les traits des géans, et je les entendais s'écrier, avec de profonds soupirs , et en levant leurs mains vers ciel : « Aveugles « pygmées !... malheureuse patrie ! »

Tout-à-coup les portes du palais s'ouvrent avec fracas. Un génie resplendissant apparaît, couvert d'acier étincelant , et en un instant, tribune , pygmées, lois suspensives , palais , colonnes, vont s'évanouir en vapeur légère, comme les brouillards du matin à l'aspect des premiers rayons de l'astre du jour. Il ne restait plus que le génie , les géans et moi. ... Le génie s'avança vers les géans, avec un sourire celeste , leur pressa affectueusement la main , et leur ouvrit ses bras , dans lesquels ils se précipitèrent avec des larmes de joie. Je m'approchai à mon tour du génie , et sur son casque d'or , je lus : FRANCE !.... et sur son bouclier je vis écrits ces mots : CHARTE CONSTITUTIONNELLE ».

IMPRIMERIE DE MADAME GOODHOMME-CRÉMIÈRE, RUE HAUTEFEUILLE, n° 20.